KB149073

시를 소진시키려는
우아하고 감상적인 시도

조르주 페렉, 파리의 한 장소를 소진시키려는 시도

다카하시 겐이치로, 우아하고 감상적인 일본 야구

시를 소진시키려는
우아하고 감상적인 시도

/

박세현 시집

차례

4막: 지인의 말

5막: 시인이 대답하다

막: 객석에 혼자 앉아서

1막

시인의 말

작은 무대(랄 것도 없는)

사물의 윤곽을 조금 알아볼 정도의 조명.

무대 정면으로 창문. 왼편에는 출입구.

시인의 집필공간을 요약적으로 보여주려는 정도의 무대.

소박하거나 무성의하거나 수정 이전의

초고 같은 무대(라면 무대).

무대 가운데 테이블과 의자.

테이블(은 분리수거장에서 주워온 듯

이곳저곳 낡은 흔적이 보이지만 객석에서는

책상의 형상으로만 보인다.

시인이 사용하는 책상이라는 이데아면 충분)

책상 책 몇 권. 필기류. 소형 블루투스.

커피잔.

작업을 하던 중인 듯 노트북이 열려 있다.

요컨대 시인의 작업실을 요약한 듯한 풍경.

(자연스럽다는 점을 위장하는 소소한 연출)

시인이 등장한다.
뚜벅뚜벅.

(등장인물은 실제로 박세현이어도 되고
대학 연극반 수준의 아마추어가
시인의 역할을 맡아도 자연스러울 수 있다.
연극은 아니지만 얼마간의 연극적인 무대와 분위기다.
연극의 외형을 빌렸다고 해도 극적 요소는 거의 없다.)

나이는 72세 정도.
흰 머리카락. 헐렁한 군청색 바지.
팔이 긴 회색 티셔츠.
평범 이하로 보이는 수수한 이미지.
(古稀의 실물감)

개막과 함께 무대 왼편에서 등장하는
시인의 바쁘지 않은 걸음새.
그는 무대 위를 자신의 시처럼 소소한 동작으로
오락가락 한다.

생각에 잠긴 듯
머릿속을 흔들며 생각의 가닥을 잡는 듯.
(세상의 모든 시선이 이 순간
자신에게 멈추었음을 의식한다는 듯이 다소간 감상적인 몸짓.)

창문으로 다가가 바깥을 내다본다.

인물의 등만 보이며

(그렇게 얼마쯤 시간이 흐른다.

5분

10분

한 시간.

시간은 무대 사정에 따라 줄이거나 늘려도 된다.)

시인은 창문에서 돌아와 책상 앞에 선다.

책상 옆이라도 괜찮다.

책상을 내려다보다가 책을 집어든다.

(책은 조금 두툼하다.

제목은 알 수 없다.)

선 채로 책을 펼친다.
이곳저곳 넘겨보는 시늉.
그러다가 시인은 다시 왼편 문을 열고 나간다.

텅 비는 무대.
한 번 더 텅 비는 무대.

잠시 후.

시인이 다시 왼편 문으로 등장하고
손에는 커피잔이 들려 있다.
의자에 앉는다.
커피를 한 모금 마시고 잔을 내려놓는다.
(너무 자연스러워서 진짜 같은 실감)

생각났다는 듯이 직립하면서 객석을 향해
(객석이 만석이라는 듯이
이런 순간적 착각도 나쁘지 않을 것)
가벼운 목례.

등장인물은 실제의 시인은 아니고
현실의 박세현을 대역해주는 단역배우 출신.
그는 시인의 친구이기도 하고
손님 없는 골목 카페를 운영하는 인물.
그가 연기하는 박세현은 연기일 뿐이지만 둘 사이를
구분할 경계는 막연한 편이다. 마치
박세현 자신이 자신을 연기한다는 듯이.
그는 이 공연을 끝으로 카페영업을 접으려는 현실의 인물.

시인: (객석 쪽으로 한 발 다가서며)
오늘 제 시집 '시를 소진시키려는
우아하고 감상적인 시도'의 쇼케이스이자
낭독공연에 오신 분들께 잔잔하게 감사드립니다.

이런 소소한 퍼포먼스를 연출하려는 것은
그렇습니다.
내가 쓴 시의 최소한의 수신자들과
교감하고 싶다는 뜻입니다. 그렇습니다.

소음이지요. 음. 물론. 소음. 그렇습니다.
민망한 감정을 숨길 수 없군요. 시대언어로는
얼굴이 팔린다는 뜻이 될 겁니다.

시인은 시를 쓰는 인간이고
썼으면 문예지에 발표하거나 자신의 블로그에 올리면
될 일이겠지요. 그렇습니다. 그런데 나는 오늘
내가 쓴 시를 시집이란 묶음으로 모아서 전시하기 전에
이런 식으로 또는 특별한 방식 없이 음성에 실어서
허공으로 띄워보내고 싶었습니다. 그렇습니다.

이런 낭독공연이 다른 낭독회들과 무엇이 다른지는
모르겠습니다.
단지, 나 자신의 문학적 의례라 여기기로 했습니다.
그렇습니다.
시인과 소수의 문학애정자가 만나는 플랫폼.
네. 그렇습니다. 그러니
캐주얼하고 핸디한 미팅이면 충분합니다.

지루하실 겁니다.
어쩌면 짜증나실 수도 있습니다.
중간에 일어나 나가셔도 좋습니다.

이번 시집의 제목은

조르주 페렉의 '파리의 한 장소를 소진시키려는 시도'와
다카하시 겐이치로의 '우아하고 감상적인 일본 야구'를
섞어서 뒤흔들어놓은 문장입니다.
겐이치로의 것은 모리스 라벨의 '우아하고 감상적인
왈츠'에서 왔을 겁니다.

제목의 근거는 이러하지만
시집은 두 권의 책과는 무관한 자리에 있습니다.
작가나 출판사의 저작권 시비도 있을 수 있겠는데
문제는 이 시집이 그들의 눈에까지 들어갈 경로가
없다는 점에서 치외법권의 대상이기도 합니다.

여기까지 말하고 시인은
무대 위를(또는 방안을) 서성거린다.

먼저 뱉은 말들을 수정하고 싶어하는 듯.
다음 말을 생각하려는 듯.

책상에서 흰 종이 한 장을 집어들고 다시
객석을 향한다.

시를 한 편 읽겠습니다.
(목청을 정리하듯 시인은
손으로 입을 가리며 헛기침 두어 번).

가끔 다이소에 간다

다이소가 보이면
불쑥 들어간다 나도 모르게
살 것이 있어서라기보다
무엇이 필요한지 궁금할 때가 그렇다
(저렴한 내 인식체계의 투영일 듯)

진열된 물건을 보고 있노라면
모르고 살았던 결핍이 눈을 뜬다
등긁개를 보면서 등이 가려워지듯이

없는 물건이 없다는 그곳에도
없는 물건은 분명 있을 거다
그것이 무엇인지 모르지만
그래, 이것이었어
그런 은밀한 기쁨을 만나려고
서점에 가듯이 나는
가끔 다이소에 간다

저라는 낮춤말을 사용하지 않고 굳이 일인칭 나를
주어로 사용하심을 이해해주시길 바랍니다.
나는 수행적 차원 즉 화자와 청자 간의 관계를 규정하기보다
우주에 둥둥 떠 있는 존재를 지칭하기 위한 언어입니다.
흔한 말로는 주체가 되는 것이지요.

유아독존의 이기적 표현이랄까요.
한 인간의 일회성. 유일성. 독자성을 담당하는
기표라고 설정된.

앞에 읽은 시 어떠세요?

이렇게 묻지는 않을 겁니다. 그러니 대답은
듣는 사람 각자의 것으로 보관하시면 될 겁니다.

시집에 넣으려고 쓴 시는 아닌데 공개했습니다.
시가 마음에 드냐고요? 그럴 리가요?
물론 마음에 들기도 합니다.
쓴 사람이 마음에 들지 않는 시를 누구에게
보여주는 건 비윤리적이라 생각하거든요.
시가 마음에 든다는 것은 쓰는 순간의
찰나적 격정과 착각입니다.

고쳐 쓸 수 없는 그때에 후회나 반성이 밀려옵니다.
어쩔 수 없는 그 순간들을 수정하려고 또
시라는 작문을 하게 되지요.
무모하고 아름다운 순간입니다.

벌써, 앞에 읽었던 시가 수상해지기 시작합니다.
어이없는 일입니다. 나로서는.

내가 시를 끄적거린 시간의 여정이 꽤 길었더군요.
세월이라고 말해야 될 시간이지만 헤아리지는 않겠습니다.

나는 지금 단지
여기 이러고 있을 뿐입니다.
이렇게, 이처럼. 이보다 못하게,
지금을 미끄러지면서요.

우아하게 감상적으로.

시에 대한 희망이
쪼그라든 시대인데 그런 줄 번연히 알면서도
시를 끄적이는 건 뭐라고 할까,

여기에는 어떤 이론적 배후가 없습니다.
있을 수 없습니다.
어쩔 수 없을 때마다 쩔쩔매게 되는 순간을
몇 가닥 문자로 입막음하며 살았지요.
한순간의 삶을 한순간의 언어로 포착하려는
것이 나의 시이고 나의 사치일 겁니다.
언어 밖으로 지나가는 현실의 난감함을 외면하는
직무유기도 나의 몫이지요. 그러나

시가 없었다면
어떻게 살았을까요?
이런 뻔하고 뻔뻔스런 말은 하지 않겠습니다요.

달리기를 하는 사람은 달리는 것이 그의 시일 것이고
산에 가는 사람에게는 산에 오르는 일이 그의 시일 것입니다
한 탕 해먹는 것을 직업의 본질로 알고 있는 정치인들에게는
정치가 그의 시일 겁니다. 당근입니다. 양파라고 해도
달라지지는 않을 겁니다. 언어는 언어밖에 가지지 않습니다.
양파의 속에 양파가 없듯이 말이지요.

볼썽사납게 여태 이 짓에 매달리는 이유는
교수직을 퇴직하고 난 뒤부터 더 분명해졌습니다.
아주 교태스러워졌다고 할까요.
나에게는 이 길밖에 없다. 그렇다. 시만 쓰자.
시쓰기는 내 평생의 소명이다.
이렇게 착각하게 되더라구요.

퇴직하고 산책자가 되어 시만 쓰는 인간이 되었던 것이지요.
허공에 거꾸로 매달린 착각이지요.
한 줄로 요약하면 할 일이 없어졌다는 뜻입니다.

할 일 없는 사람은 시를 쓰냐구요?
그런 질문에는 대답하지 않는 편을 택하겠습니다.

나의 처지를 말할 것 같으면
시를 쓰는 일은 '없는' 길을 가는 것이지요.
막다른 길 위에 섰다는 말입니다.
그래서 헤매는 거 아니겠습니까.

길이 있다면 그건 체제의 품일 겁니다.
아무개 잡지 아무개 출판사의 편집자가 선호하는 체제.
그들은 관습적 문화에 적응된 부류들이겠지요.
이런 게 시야. 이런 게 좋은 시야.
그건 아마도 당신들의 문학일 겁니다.

문학상 심사 같은 데서 두서너 명씩 모여 앉아
원고를 들여다보는 보도용 사진들을 보노라면
나의 이런 생각은 더 굳어집니다.

시스템 플레이어들이 적절한 선에서 타협하는 모의행위
같은.

저들은
자기가 하는 일을 (영원히) 알고 싶지 않을 겁니다.
내가 반성 없이 글을 쓰고 있듯이.

내게 시는 '나 하나의 사랑' 같은 것.
이루어질 수 없는 사랑이지요.
내가 읽고 싶은 시
내가 시라고 신앙하는 시가 시겠지요.
노벨문학상 열 개를 탔다고 해도 나에게 아닌 건 아닌 것.
내 시가 문학의 '원칙과 상식'의 차원에서
불특정 누군가에게 또 그렇게 인식되듯이.

세상의 모든 시를 남김없이 쓰겠다는 욕심으로
노트북 기계 앞에서 시달리는 사람에게 대답해주고 싶습니다.

이승에선 참으시라고.

누군가 세상의 모든 시를 싸그리 썼다고 해도
그는 한 편의 시도 쓰지 못한 것과 다름없다는 것.
이것만이 내가 믿는 시적 환영입니다.

그러니 시의 출발점은 곧 시의 도착점일 것이고
방금 도착한 시의 도착점이야말로 이제 시가
시작되어야 할 진정한 출발점이라고 신앙합니다.

제가 키보드에서 금방 손을 거둔 시 다섯 편을

읽도록 하겠습니다. 좀

쓸쓸해지는군요.

간단히 말하겠다

구름 한 점 없는 하늘
비가 오지 않아도 상관없다
궁금하지 않은 사이끼리 만나
커피믹스 한 잔씩
세월 가는 얘기
국회의원 후보 공천에서 컷아웃 당하고
천상병 시를 낭독하는 사람은 멋있더라
상계동 사람들 틈에서 마을버스 기다리며
봄을 기다리는 맛
이만하면 좋은 것
당신은 문학사에 남으시오
나는 저 들판의 아지랑이로 남으려오

이 달의 시인

집사람은 대구에 갔고
혼자 남아 집사람이 된다
음악을 들으니 음악이 되고
수필을 읽으니 수필이 된다
요나스 메카스의 인터뷰집을 읽으니
개봉 직전에 엎어진 독립영화의
단역배우가 된다
텔레비전을 끄고 아니
켜지 않았으니 끄지 않아도 된다
날이 더 환해지면 커피를
마셔야겠다
설탕을 좀 넣을 것인가
이번 달에는 한 일이 없으니
장하다

어떤 하루

북치는 소년을 쓴 김종삼이
바람이 센 날의 인상을 쓴 후배
김영태에게 돈 빌리러 갔다
부슬부슬 비가 내리는 날이었고
벙거지를 쓴 종삼이 영태네집
문밖에 우두커니 서 있었을 것이다
비는 오지 않고 쨍한 날이어도 된다

한두 번도 아니고
이런 표정으로 영태는 거절하고
종삼은 넉넉하게 돌아선다
그날의 배경음악은
모리스 라벨이 아니라 부서진
풍금소리가 적당할 듯
종삼의 심정보다는 거절하는
영태 씨의 심정으로
오늘 하루를 건너가야겠다

엉터리 시

미당의 시
국화 옆에서의 한 구절
인제는 돌아와 거울 앞에 선
내 누님같이 생긴 꽃이여

어느 원로교수는 이 대목에 이르러
조선여인들은 앉아서 거울을 봤다면서
엉터리 시라고 했다는 얘기를
미당 전공자의 페북에서 읽는다

이 원로는 왜 이렇게 귀여우신가
남는 시간도 있는지라
내친 김에 고쳐 읽어본다
인제는 돌아와 거울 앞에 앉은
내 사촌누이같이 생긴 꽃이여

섭섭한 오해

요새는 지인들에게 책을
주지 않는 쪽을 택하고 있다
대단한 결심은 아니다
독자를 얕잡아본다거나
자존심이 있는 인간으로 나를
추측한다면 그것은 섭섭한 오해다
나는 자존심이 없는 사람이다
사정을 간단히 말하려니
간단히 요약되지 않는군
양해있으시길

2막

축하 연주

기타를 든 남자가 무대에 등장한다.
낭독회에서 연주를 섭외 받은 인디밴드
출신의 기타플레이어다.
걸음걸이나 원경으로 관찰되는 형상으로는 30대
중후반기를 살고 있는 남자로 보인다.
기타플레이어는 무대 중앙에서 멈추고
고개를 숙여 객석을 향해 인사한다.

연주할 곡목은
연주자가 기타곡으로 편곡한 존 케이지의 '4분 33초'.
연주자는 기타를 안고 무대에 준비된 의자에 앉는다.
(잠시 침묵)
객석에서 기침 소리 들린다.
기타플레이어는 소음을 추적하듯이 객석을 바라본다.

이윽고 연주를 시작한다.

1악장을 연주한다.
(연주자는 연주자세로 기타를 안고만 있다.)

1악장이 끝나고 악보를 넘기고
2악장을 연주한다.
(연주자는 연주자세로 기타를 안고만 있다.)

2악장이 끝나고 악보를 넘기고
3악장을 연주한다.
(연주자는 연주자세로 기타를 안고만 있다.)

3악장의 연주가 모두 끝이 난다.
연주시간은 편곡에 따라 원곡보다 2초 더 길었다.

연주자는 자리에서 일어나 객석을 향해 인사한다.
(객석에서는 간헐적인 박수
해석 불가한 신음이 들리기도 했다.
사기야? 간혹 이런 소리도 있었지만
전반적으로 무반응이다.)

연주자는 선 채로 속주머니에서 시를 꺼낸다.
그는 시를 읽기 시작한다.
낭독을 마치고 그는 처음 나왔던 문으로 사라진다.

다소 외로와 보이는 그의 등.

뚜벅뚜벅.

제 시까지 읽으시려고요?

시집을 들고 와
서명을 부탁하는 사람이 있다면
(아니 근데 진짜 시발
이런 구시렁거림은 물론 생략된다)

그런 사람이 나타난다면
그에게 은밀하게 해주고 싶은 말은
이것이다
제 시까지 읽으시려고요?

3막

시 여러 편

은각사

내가 은각사에 갔던가
금각사는 생각나는데
은각사는 기억나지 않는다
대신 청수사를 본 것 같다
지금이라면 은각사를 택했을 텐데
그땐 왜 그랬는지 돌이켜지지 않는다
은각사는 보지 않아도 은각사
내 속에 들어 있는 은각사

새벽 세 시

눈을 뜬다
누군가 나를 깨운다
책상에 앉는다
초저녁 잡념도 사라지고
새벽잠 속에서 환하게
깨어있을 나의 이웃들
사막이 끝나고 낯선 벌판 앞에
홀로 서는 순간이다
알몸 같은 정신 한 줄
당신을 잊고 내가 잊은 당신이
나를 잊는 시간이다

근황

머그 잔 가득 찬물을 원샷하고
1호선에 몸 싣고 북으로 가신다
거긴 왜?
이런 속물음은 조용히 씹는다

의정부 동두천 소요산 전곡을 지나가면
초벌 그림 같은 산과 들이 일어나
바닥난 마음 흔들어주기를
봄이 더 들기 전에
마음껏 몸껏 흔들려주리라
지도에 없는 길을 걷다가
막차로 돌아오자

초봄 하루
삶을 이렇게 띄워보기로

박세현 TV

주요 시인의 범위를 좀 넓힌다면
넉넉잡아 한 천명 정도라면
그 속에 들어갈지도 모르겠다

재수 없으면 거기도
끼지 못하겠지만 말이다

주요 시인은 뭐지?

박세현 TV

스무살 때 그때
예컨대 장미촌이나 백조 동인들의 시를
대학노트에 베끼던 시절
잘 나가던 원로시인에게 편지했다
좋은 시인이 되는 법을 가르쳐주시면
은혜에 보답하겠다는 정도였을 것
시인은 아직까지 답장을 씹고 있다
50년 전 일이다

박세현 TV

내 말을 믿지 마시오
나도 내 말에 귀를 기울이지 않으니
꽤나 다행스럽소
남의 말을 들으며
자기 사상을 수정하는 자아는
아무래도 좀 거시기하지요
누구도 내 말을 신뢰하지 않음은
여전히 나의 쓸데없는 보람이지요
시인이라는 환몽에 매달려
비명을 질러대는 필경인들을 향한 지지를
철회한지도 오래되었구려
(필경인들이여, 그러나 분발하시라)
벚꽃 어지럽게 흩어지는 날
내 인생연구실 창가에서 반쯤 눈 닫고
내 말을 내 시를 내 헛꿈을
조용히 뭉개버릴 때가 되었소이다
남김없이 감사할 근거들이라오

박세현 TV

나는 한국계 한국인
1953년에 태어난 적 있고
이렇다 할 신념 없이
아무것도 아니면서
아무것도 아닌 시를 쓰면서
비스듬하게 시에 기대어 사는 인류

최종 학력은 강릉교육대학
열아홉 살 시절 강문 파도소리에 실려가는
한 움큼의 어둠을 쥐고 살았다

집에는 일하는 하인도 없지요 정원사도 없지요
수영장도 없지요 심지어 경호원도 없는 삶을 견디면서
초당동 젊은 소나무들과 연대하며
열아홉을 살아냈던 시절은 제법 대견하다

강의가 없는 날은 문학청년을 흉내내며
시든 해당화를 바라보거나
해변의 무덤가에 누워 낮잠에 들었는데

여직 나는 깨어나지 못하고 있다

오늘날 나는 72세
여태 나에게 속하지 못하면서
내 삶에서 생략된 시간을 살고 있다

박세현 TV

아내가 사준 털모자를 쓰고
책상 앞에 앉아 있다
책상은 어지러운 나의 전선
문어체로 쏟아지던 눈발을 생각한다
감독이 컷을 외칠 때까지
롱 테이크의 자세로 앉아 있는다

건반에 손을 얹고 눈을 감듯
키보드에 손을 얹어놓고 생각한다
무슨 생각을 해야 할지 생각한다
손가락이 움직이는 대로 따라가자

졸고 있던 감독이 컷사인을 놓치고
엉뚱한 대목에서 그만이라고 외쳐도
못 들은 체 하면서 한 걸음만 더
더 나가보는 거다
길을 잃어버릴 때까지
이게 시가 아니라고 말할 때까지
내가 쓸 수 있는 한계를 두드리자

봄눈

풍납동에서 건너와
다산 신도시에서 점심 먹었다
(아무도 궁금해하지 않음
왜 나의 안부를 묻지 않는지 응답하라)

청학동에서 갈참나무 숲을 적시는
2월 중순의 눈보라 관람하다
(아무도 물어보지 않았음)

오늘은 오늘
오늘밖에 없는 오늘
오늘 밖으로 나갔다 혼자
돌아오는 오늘

봄

봄인데 그러면서
어떻게 시 일 편 없이
지나갈 수 있겠는가
나만 듣는 귓속말로 중얼거리면서
작년에 썼던 시를 읽어 본다

작년에 움직였던 마음
딱 그 자리가 다시 새로 움직인다
이 봄이 그 봄인가?

봄

남해 먼 바다에 남서풍
초속 2미터로 불고

대화퇴 물결은 1에서 4미터로 일겠다는
기상뉴스를 흘려듣는 오전
여섯 시에서 일곱 시

자유형 이백미터 결승에 진출하는
수영선수의 무운을 빌면서
가슴 근처에 밀려와 찰랑대는
물결의 높이를 가늠한다

설명하지 않아도
봄

오후 두 시

사당행 전철을 타고
오후 두 시
저기 경로석이 비었군, 그러면서
주저하며 그러나 뻔뻔하게 주저앉는다
오늘이 오규원 시인의 17주기라고?
빠르다, 세월, 참 부지런하군
화장실 갖다온 사이 전화가 찍혔다
모르는 번호다 오후를 잘 보내라고 깨워주는
안부전화겠지 회신 없이 명상하듯이
얼굴에 가득 햇살을 받으며
멍을 때렸다 잘한 일
출발할 때는 목적지가 있었는데
미아사거리를 지나면서 목적지는 막막해졌다
다음 역에 내려 회항해도 된다
몇 역 지나는 사이 인생관이 바뀌었는가
그런 거 없이 흘러가도 충분하다
전철은 삼선교를 지나간다
적당한 데서 내리면 되는데
적당한 역을 자꾸 놓치는 중이다

다음은 혜화역, 혜화역
조병화 시인이 파이프를 물고
바바리코트 깃을 세우며 시를 쓰던 동네
그래, 이번에 내리면 되겠다
나에게 없는 코트깃을 세우며 도착한 곳이
오늘 나의 근사한 목적지가 된다

어쩌다 시인이 되어

어쩌다 시인이 되어
가망 없는 시를 쓰고 있다
(가망은 본래부터 없었던 것)
알고 보면 딱한 일
서툰 밤을 도와 써보지만 나의 시는
새 날의 근심을 견디지 못하고 사라진다
은유도 무엇도 우스워진 지금
누군가 읽고 좋다는 한마디가 민망해
썼던 문장을 슥슥 뭉개버린다
여기까지는 견딜 수 있는 일
문제는 내가 쓴 시가
나와 아무런 상관이 없다는 사실에
속절없이 이끌리는 밤
(저벅저벅 비오는 상계동 봄밤)
시는 무슨 개 풀 뜯어먹는 소린가
나는 또 무슨 싱거운 허깨비라던가

나는 날마다 무엇을 기다리나

어떤 의미에서 나는 필경사이고
어떤 의미에서는 숙련된 타이피스트다
오래된 문서를 필경하고
낯선 소식을 타이핑하지만
쓸 것이 없어질까 봐 걱정하기도 한다

내가 쓰는 시를 그것이 시라면
말인즉슨 내 소망은 언제나 시의
문 밖에 서 있고 싶다는 것
문 안으로 한 발만 슬쩍 걸치고
들어가지 않으려 뻗대는 뒷발이 나의
어설픈 시이기를 앙망한다

꿈속에서

신념도 없이 잠든 꿈속에서
기타로 편곡된 섬집아기를 들으며
내 속에서 징징거리는 아이를 달랜다
울지 마라 내 아기 토닥토닥

(여기까지만 쓴다
장악되지 않는 수상한 파동이 밀려온다
시를 닫고 나면 힘든 허전이 몰려올 것 같아
뒷말은 생각하지 않기로 한다
순전히 나를 위해서)

커피믹스

마음 없이 훌훌 책장을 넘기며
혼자 봄밤의 초입을 지나가다가
생각났다는 듯이 문득
나를 쳐다볼 때

그때는 생각 없이 마시는
커피믹스 한 컵이 최고야
몸에 얹혀 있던 기억들을 껴안으며
다시 가라앉히는 믹스의 힘은
애틋하면서 자비롭다

골목에서 들려오는 음정 맞지 않는
휘파람 같기도 하고

오남과 별내별가람역 사이

오남역에서
별내별가람역으로 달리는 전철
그 옆으로 무심코 따라오는 벌판을
무심코 사랑하기로 결심한다
다른 뜻은 없고 봄이면 봄
가을이면 가을을 추스르면서 군말 없이
버티고 있는 외진 벌판의 심심한
반근대주의를 벗삼고 싶은 날이다
오후 세 시 삼십 분에서
일분 더 깊은 곳을 지나가는 시간
청년 둘과 나의 침묵을 흔드는 열차는
멀리 어딘가로 시간을 데리고 간다
봄이 다 가기 전 어떤 날
들판에 두고 온 남자를 만나러
다시 올지도 모르겠다

신유진의 인터뷰를 읽으며

파리 8대학 연극학 석사인
저자의 인터뷰를 찾아 읽다가
나도 모르게 조용히 그의
번역서와 신작 산문을 주문함

아니 에르노, 남자의 자리, 1984Books, 11,000
신유진, 상처 없는 계절, 마음산책, 15,000

나 들으라는 듯이
저자가 자기 독자에게 전하는 말을
받아쓴다, 공손하게

고맙습니다
자주 기쁘고
늘 평안하시길

작가란 이래야 쓸 것이다
멀었다, 나는
시작도 못했구나

4막

지인의 말

무대 위로 시인의 지인이 등장.

그는 무대 왼쪽 문을 통해 무대에 나타난다.

조금 빠른 걸음으로.

청바지에 회색톤의 긴 팔 티셔츠 차림.

서막에서 보인 테이블은 그대로 있다.

지인은 테이블 앞에 섰다가 옆으로 비켜선다.

객석을 잠시 바라보다가 고개를 숙여 인사한다.

제가 하려는 말은(잠시 말을 끊는다.

평론가 비슷하게 말하려던 어조를 바꾸고 일반 어법으로

말의 톤을 수정한다.)

저는 시인의 지인 위치에서
시인에 대해서 제가 읽은 시에 대해서 몇 마디
간략하게 처삼촌 묘지 벌초하듯이 말하려고 합니다.
정색한 이야기는 아니라는 말입니다.

박세현은 여러분도 아시다시피(모르는 분도 많겠지만
대개 모르시겠지만)
시를 쓰는 사람입니다. 당연한 말이겠지요.
시를 쓰는 사람.
이렇게 말하고 나면 그는 더 모호한 존재가 되는군요.

시집 날개에 박힌 정보대로라면 그는 1953년생이고,
72세에 이르렀습니다. 박씨는 1983년부터 공식적인 문학활동을
시작했고, 그동안 시집과 산문집을 문단에 납품했습니다.
그의 표현대로 세 권의 소설도 납품했습니다.
그가 통산 몇 권의 책을 발간했는지 정확히는
헤아려보지 못했습니다.

한 인류에 대해 안다는 듯이 말한다는 건 복잡한 일이군요.
어떻게 이해해도 거기까지일 뿐입니다.
평전이나 전기류가 저지를 수 있는 오류에서
저도 벗어날 수 없을 겁니다.
아는 만큼이 아니라 안다고 여기는
꼭 그만큼에 대해서만 말하게 될 겁니다.
그나마도 부정확하기 쉽지만.

그는 소심하고 모험심, 호기심이 부족한 편이지요.
그의 시도 그렇지 않던가요.
모호하거나 이중적이거나 양비론적인 화법 자체가 그의
이와 같은 성격에 기반한다고 봅니다.

딱 잘라서 단언하기보다는 모호한 채로
뒤를 열어두는 문장들.
(뒷줄은 나도 모르겠으니
당신들이 알아서 완성하시지요,
이런 표정의 시)

'꿈꾸지 않는 자의 행복'

첫시집 제목은 그의 문학에 드리워진 키워드일 겁니다.
'꿈꾸지 않는'다는 수식을 간과하거나 과소하게 넘긴다면 그의 시
대부분의 가치는 상실되기 쉽습니다. 그래서일까요, 박세현에게서
자유와 사랑과 보편적이고 대중적인 가치에 대한 지향은
거의 보이지 않습니다.

이러한 점이 박씨의 특징이라면 특징일 것이고
독자들이 시큰둥해하는 이유가 되기도 할 겁니다
천만 관객으로 북적거리는 영화관 옆
썰렁한 독립영화관 매표소 앞을 서성거리는 사람이지요.

일부러 그렇게 하는 것은
아닐 거라 봅니다. 태생적 발성이 거기에 있다고 보는 것이
지인의 위치에서 보는 관점입니다.

박씨는 게다가 변방출신이고 그래서인가
문학세계도 변방을 닮고 있습니다.
중심을 선회하면서 겉도는 세계.
이 점은 시인에게 득도 되고 마이너스도 된다고 보지요.
득은 득대로 마이너스는 마이너스대로 문학의 중심부가
그를 못 본 체 하는 근거가 될 겁니다.

시집이나 산문집에 등장하는
빗소리듣기모임 객원
차기정부탄핵준비모임
홈리스로 살아가는 북유럽의 전직 대통령에 대한
지지와 같은 상용구들은 시인을 지원하는
유토피아적 문학의 후방이라고 생각합니다.

이런 생각들은 독자들의 호응을 얻기보다는
간단히 말해 독자의 저항의식을 자극하기 쉽겠지요만.
이건 뭐지? 어쩌자는 거야.
그러면서 외면하는 독자가 대부분일 겁니다.

최근의 책에 인쇄된 시인의 약력을 보신 분은
느끼셨을 텐데 말이지요. 그렇습니다. 네.
북한군 장교들의 앞가슴에 주렁주렁 달린 훈장 같은 약력을
날려버리고 두어 줄만 남겼더군요.
과도한 생략. 무모한 생략.

예를 들겠습니다.

'박세현은 경장편 여담과 시집 난민수첩을 썼다.
그는 영진항에서 커피잔을 들고 있거나
모르는 사람과 농담을 하고 있을 것이다.

그를 안다는 사람도 있지만
그건 뜬소문이다.'

예를 들고 보니 박세현식 치고는 장황하군요.
어설픈 교만으로 보이기도 합니다.
저는 이만하면 충분하다고 보는 편이지만.
인트로 없이 막바로 노래가 시작되는 한대수의 '물 좀 주소'가
연상됩니다. 이 사람이 과하게 말하는 건가요.
제 생각이니 그 정도로만 받아들여주기 바랍니다.

저 또한 일개 독자로서 짐작하는 바이지만
약력을 간단하게 다이어트 하는 방식 역시 박세현 시인의
시적 사유를 개관할 수 있는 길일 것입니다.
그만의 자기 삭제 기술 같은.

박세현 시집에서 해설류가 사라진 것은
10년이 넘었습니다.
시해설을 군더더기로 취급한다는 뜻이 아닐까요?
해설을 해설자의 뇌피셜로 본다는 뜻도 될 겁니다.
해설을 붙이지 않는 이유에 대해 물어본다면
'해설료를 아껴야지요.' 이렇게 대답할지도 모릅니다.
그의 표준어법이기도 합니다.

시인은 一場春夢이라는 기표를 좋아합니다.
(한자를 써서 죄송합니다.)
일장춘몽이 아닌 춘몽일장이 정확한 그의 표현입니다.
삶을 한 편의 연극으로 보려는 입장을 단적으로
기표한 것이 그가 표현하는 '춘몽—일장'이라고 봅니다.

삶을 꿈으로 보려는 것.
춘몽과 일장 사이의 하이픈 위를 걷고 있는 셈이지요.
그의 시는.

제가 박세현 씨의 선공개 되는 시집 쇼케이스에 와서
덕담이랍시고 주절거린 말들이 시인을 과소하게 말한 것은 아닌지
혹은 과장된 헛바람을 잡은 건 아닌지 조심스럽습니다.
더 말하고 싶은데 제한된 시간이 다 되어 가는군요.

시를 쓰는 박세현과 생활인 박세현은 차이가 많은 인류입니다.
그는 고상하지도 도덕적이지도 정의롭지도 않은 편입니다.
흔한 말로 정치적으로 올바른 사람도 아닙니다.
오히려 그런 부류에 대한 적개심이 높기도 합니다.
까다롭고 비겁하고 아전인수격이고 유아독존적이지요.
교만과 편견이야말로 그의 세계관의 핵심일 겁니다.

그가 종종 말하더라구요.
자기는 자기의 시에 속하지 않는다고.

제 말을 마치면서
우정적인 차원에서 박세현의 시를 소개하겠습니다.
시는 시집의 표제로 사용된

'시를 소진시키려는 우아하고 감상적인 시도'이고
낭독은 대학생 수어동아리에서 활동하는 학생이
수어로 낭독해줄 것입니다.

(무대 왼편을 향해)
나오시지요. 저는 물러갑니다. 꾸벅.

시를 소진시키려는 우아하고 감상적인 시도

여자 대학생이 무대 왼편에서 나온다.
총총걸음.
무대중앙에 선다.

그녀는 수어로 시를 낭독하기 시작한다.
객석에도 미리 주어진 시는 없다.
문자나 음성 지원 없이 오직 수어로만 진행되는 낭독이다.

두 손이 만들어내는 선이
전후좌우로 작은 곡선과 조금 큰 곡선을 그리다가
두 손을 비비고
마주 잡거나 풀거나
손바닥을 오므렸다 펼쳤다 하는 움직임을 보여주면서
내밀하게 거칠게 저급하게 우아하게
더러 감상적으로
허공에 많은 문자를 찍어놓는다.

몸을 빠져나간 영혼 같은 언어가 자유롭게
더 이상 문자언어의 그물에 갇히지 않는
침묵의 무늬들.

수어낭독이 끝나고 낭독 여학생은 인사하고
조용히 퇴장한다.

객석도 물을 끼얹은 듯 조용하다.
조용하다.
조용함도 사라진다.

5막

시인이 대답하다

무대 중앙으로 시인이 등장한다.

시인은 어색한 듯 무대 위를 잠시 서성거린다.

마치 길을 잃어버린 사람처럼.

테이블 옆으로 가 선다.
객석을 향해 인사한다.
객석은 앞 장면의 침묵을 흔들어 깨우면서
나지막하게 수런거린다.

시인은 테이블 옆에 선 채로 말한다.
괜찮으셨나요?
대답을 기다리는 질문은 아니지만 역시
객석에서는 반응이 없다.
가벼운 기침소리 몇이 실내를 떠다닌다.

이런 형태로 내 시집의 시들을 선공개 해보고
싶었습니다. 대중음악 공연이었다면 여러분들은 아마도
음악의 선율과 리듬이 인도하는 장소를 따라가면서
공감했겠지만 시야

뭐, 그렇지요.
괜찮았냐고 물었던 질문은 취소하겠습니다.
대신 어떻게 물어야 할지를 연구해보겠습니다.

이제 객석의 질문을 받도록 하겠습니다.
주로 이번 시집 쇼케이스를 보신 느낌을 중심으로
물어주시면 좋겠습니다. (잠깐의 침묵)
네. 저기 손 드신 분. 네. 안경 쓰신 남자 분.

독자 1: 저는 시는 잘 모르고 지나다 우연히 들렀습니다.
나름 흥미롭고 새로워 보였습니다. 앞으로도 이런 퍼포먼스를 하실 계획이 있으신가요?
시인: (표정만으로 웃으면서) 없을 겁니다. 이런 계획. 다시는.
독자 1: 늦은 연세까지 시를 쓰시는 힘은 어떤 것인지
궁금합니다.
시인: 잔업하는 기분으로 쓴답니다. 사납금 못 채운 택시기사의 심정도 이 근처겠지요.
모름지기 자기 시대가 완결되었다고 느꼈을 때는
사라지는 게 도리겠지요. 그렇습니다.
자기 시대의 흥분 속에서는
그 시대에 숟가락만 얹어도 안심이 되었지만 문제는
자기 시대의 종언 이후입니다. 안 그렇습니까?

이럴 수도 저럴 수도 없는 난감.
문학이 그저 그런 유물이 되었을 때, 게다가
자신의 시대가 법정시한을 다했을 그때야말로
글쓰기의 진정한 시작점이 아닐까요?

독자 2: 지인 분의 덕담을 잘 들었습니다. 젠체하지 않아서 좋았는데 다만 뒷부분에 시인의 인품을 디스한 것으로 보이는 부분은 언짢으시지는 않았는지요?

시인: 도망 다니다 붙잡힌 자의 심정입니다.

독자 1: 시는 다르게 말하기라고 하던데 동의하시는가요?

시인: 네. 그럼요. 다르게 말하기지요.
내 생각에 한정되지만
시는 거의 틀리게 말하려는 언어조립입니다.

독자 1: 시인님은 어디선가 시쓰는 자신을 국선변호인 같다고 한 적이 있는데 어떤 뜻인지 설명을 부탁드립니다.

시인: 하하하. 내가 그런 말을 했던가요? 나도 잊고 있던 말이니 지금 얼른 대답을 궁리하는 중입니다.

국선변호사는 변호사비가 없는 죄인들을 무료로 변호해주는 직업을 가리키는 말이겠는데 아무튼지간 죄는 죄겠지요.
무죄도 죕니다.
어떤 이유로든 그런 죄인의 죄를 탕감시켜 주려고 낮은 보수에도 불구하고 근무하는 변호사의 모순된 고뇌를 시인도 비슷하게 감당하고 있다는 뜻으로
했던 말입니다.
비껴서 들어주시기를.

독자 1: 알 것도 같습니다.

시인: 이해가 덜 되시더라도 이해하시기 바랍니다. (웃음)

독자 1: 커피를 많이 마시는가 봅니다.

시인: 거의 마시지 않는 편입니다.

독자1: 툭하면 시에 커피가 나오길래 물었습니다.

시인: 시를 쓰면서 다음 말을 불러들이는 호객언어지요.
그리고 시는 일기와는 형편이 다르잖아요.
솔직할 필요가 있을까요?

독자 2: 시 한 편 쓰시는데 얼마나 걸립니까? 소요 시간이요.

시인: 영업비밀을 물으시는군요. 그렇지만 이 자리에서만 특별히 말씀드리겠습니다. 내가 시를 쓰는데 사용되는 시간은 잠깐일 뿐입니다. 모니터를 응시하면서 자판을 두드리는 그 시간은 잠깐입니다. 잠깐 사이에 시가 되지 않는 시는 시가 아니더군요. 두고두고 쓰는 스타일은 아닙니다.

편의점 직원이 계산기 두드리듯이 쓰는 거지요.

이거야말로 지극히 사적인 문제라고 봅니다.
생리적인 문제라고나 할까요.
묻지 않은 질문이지만 오래 두고 쓰는 시
잘 쓸려고 애를 많이 쓴 시
여러 번 수정한 시
이런 시들은 피하려고 애씁니다.
샤브샤브 육수에서 고기를 건져먹는 속도로
쓰자는 뜻.

독자 1: 요즈음 읽고 있는 시는 어떤 시인지요?

시인: 없지요. 네. 그렇습니다. 없습니다.

독자 1: 놀랍습니다.

시인: 그렇게 되었습니다. 그렇게 되어지더라구요.
대장장이 집에 칼이 없다는 속담이
현재 나의 증상이겠지요.

독자 1: 실망스럽습니다.

시인: 실망하시는 건 어쩔 수 없지만 단, 나에게 실망하실 필요는 전혀 없습니다. 실망은 기대가 있는 곳에서만 있으니까요. 더 자세하게 말하는 건 문학의 평화를 위해서 참겠습니다.

독자 2: 앞에서 잘 쓸려고 애쓴 시에 대해 부정적 뉘앙스로
말씀하신 것 같은데 보충설명을 부탁드립니다.

시인: 반환될 거스름돈이 없는 자판기 레버를 습관적으로
잡아댕길 때와 비슷한 난감함이 시에 배어 있을 때를
두고 한 말합니다. 마른 수건 쥐어짠다는 말이 정확하겠
지요.
상관없는 얘기지만 웃자고 한 마디 하겠습니다. 가령,

쥐어짜는 시를 쓰는 시인이 있다고 칩시다.
그에게 들으라는 듯이 '요즘 쥐어짜는 시인들이 많어.'라
고 말했을 때 상대에게서 돌아오는 '그러게요' 라는 말은
거의 시적으로 들리더군요. 대화의 비대칭,
화자와 청자 간의 운명적 불화 같은 지점을 사는 거지
요, 우리는.

독자 1: 오늘 낭독된 시 가운데 어떤 시는
독자들이 동의하기 힘든 시가 있었습니다. 이해가 되지 않는다는 뜻이라기보다 이런 것도 시인가, 라는 의문이 강하게 들었기 때문입니다.

시인: 어떤 시가, 시가 아니라면 어떤 시가 시인가도 재고되어야겠지요. 다시 말하자면 시에 대한 개념을 누군가가 독점하고 있음은 이제 폐기되어야 합니다. 시가 따로 있다는 생각을 버리고 시라고 부르면 시가 되는 논리를 수용해야 한다고 봅니다.
시나 소설이라는 용어 자체도 다른 명명이 필요한 때가 되었다고 생각하는데 내 생각이 허황하다고 흘겨보는 시선도 있겠지요.

독자 2: 급 좌회전 하시는 것 같은데요.

시인: 내 뒤에는 아무도 없습니다.
단지 그렇다는 정도의 편견입니다. 이젠 문학근본주의 같은 발상은 그저 그렇습디다.

독자 2: 시인님은 근본주의자인가요?

시인: 나는 근본이 없습니다. 그러니 무슨 주의와 짝을 이룰 여지가 없는 형편이지요. 그때그때 누수를 틀어막기 바쁜 처집니다.
내가 시를 착취한다거나 시가 내 삶의 단물을 빨아먹는다고 말하면 웃긴다고들 하겠지요. 나도 그렇게 생각하니까요.
문학과 나는 어설픈 공범관계인지도 모르겠습니다.
어쩌다 들른 골목의 바가 어쩐지 맘에 들어 들락거리면서 거기 눌러앉아 날마다 설취하는 취객 같은.

독자 1: 말씀을 듣다 보면 시인님은 다소 허황되기도 하고
다소는 솔직해 보이기도 합니다. 어느 쪽인가요?

시인: 나는 솔직하지 않습니다. 특히 시에서는. 시는 솔직하려는 글쓰기는 아닙니다. 특히 나에게는. 시를 신앙고백과 동일시하려는 생각은 끔찍합니다. 언어라는 게 솔직하지 못한데 내가 어떻게 솔직할 수 있겠습니까요?
어림없는 말이지요.
진실하다는 듯이 시늉은 할 수 있습니다.
진실한 시는 반쯤 할인해서 읽습니다.
언어가 거짓말을 하는 것이겠지요.
우리가 시를 읽는 것은 속지 않으려는 훈련일 겁니다.

독자 1: 서울지역의 어떤 평론가가 시인님의 시집 서평자리에서 '요즘도 이렇게 이해하기 쉬운 시를 작성하는 시인'이 있다는 사실을 이해할 수 없다고 썼는데 이런 견해를 어떻게 이해하시는지 마지막으로 묻습니다.

시인: (잠깐 망설이는 척 하다가) 그러게요.

(독자 두 사람이 일어나 두 편의 시를 낭독한다.)

건강을 위해 읽는 시

아침이면 내 창문을 적시는 햇살조각
밤새 야근한 벽걸이시계의 발걸음
평일날의 잔파도 소리
편견 없이 씹히는 통밀빵 한 조각
죽은 친구와의 심심한 안부통화
폐차장 옆 공터를 지나가는 고양이
아트시네마에서 개봉하는 단편 영화
읽히지 않아도 스스로 완성되는 시
감기 걸린 진행자가 소개하는
에디트 피아프의 사랑의 찬가
내 밥그릇을 설거지하는 나의 두 손
(우선 이것만 메모한다)

남이 쓴 시는 터무니없이
내 시력의 전망을 가려버린다
전립선 건강에도 이롭지 않을 것이니
항상 조심해야 한다
이것이 꿈이냐 생시냐

오자에 대하여

애쓴다고 썼지만 잡히지 않는
오자는 꼭 있다
초고에서 고치고 또 고치고
눈이 빠지도록 살피고 고친다
이젠 됐겠지
오자만은 피하자
그것만 해도 어디냐 그러면서 탈고한다
탈고는 몽매한 정신의 털고!
마침내 책이 나와서
모든 게 어찌할 수 없는 그날
짜잔!
기대와 초조감으로 책장을 넘기는데
나를 찾으셨냐는 듯이 숨어있던
오자 하나가 맨발로 다가서면서
속삭인다 죄송합니다
재량껏 고쳐서 읽어주세요
그대가 내가 수소문하던
나의 시였구나

막

객석에 혼자 앉아서

객석.
낭독공연의 막이 내렸다.

박세현 씨가 객석에 앉아서
그야말로 텅 빈 무대를
무대보다 먼 곳을 바라보고 있다.

주춤대던 시간이 지나가고
객석의 조명이 점점 흐리게 소등된다.
캄캄하다.
완전한 어둠 (막).

살아있다는 건

살아있다는 건
개편된 가정음악을 들으며
빵 한 조각 입에 물고

목구멍으로 뜨거운
커피를 넘기는 일이다.
냠냠. 苦集滅道
커피가 떨어진 날은 굶어야 한다.
인생이 분명해지는 순간이다.

□후일담

A: 색이 다른 공연이군요.

B: 그러네요. 지루하다는 특이점도 있군요.

C: 기타로 편곡한 '4분 33초' 연주가 기억에 남는군요.

D: 사기지요.

A: 미술관에 전시한 남성 소변기를 보는 느낌이랄까.

B: 수어낭독은 음성으로 전달되는 시보다 완전 좋았어요.
이게 시의 궁극이라는 듯. 언어의 잡음을 제거하려는 듯.

C: 시인의 자기 발언도 핍진했는데 따져보면 그건 시인이라는
가면의 발언이겠지요. 마지막 장면에서 객석에 혼자 앉아
무대를 바라보는 표정만이 시적 허용을 생략한
시인 이전의 얼굴이었습니다. 그때 무슨 생각을 할까요?
시인은.

D: 시가 쓰고 싶어지지 않았을까요.
자기만 읽고 싶은 일인용 시.
영업 끝낸 주방장이 레시피 없이 혼자 해먹는 요리 같은.

A: 그게 진짜지요.

B: 그럴까요?

시를 소진시키려는 우아하고 감상적인 시도

1판 1쇄 인쇄_2024년 08월 20일
1판 1쇄 발행_2024년 08월 30일

지은이_박세현
펴낸이_양정섭

제작·공급_경진출판
사업장주소_서울특별시 금천구 시흥대로 57길 17(시흥동) 영광빌딩 203호
전화_070-7550-7776　팩스_02-806-7282
홈페이지_https://smartstore.naver.com/kyungjinpub/
이메일_mykyungjin@daum.net

값 12,000원
ISBN 979-11-93985-31-1 03810

※이 책은 서울문화재단 2024년 원로예술지원사업의 지원을 받아 발간되었습니다.